अखरोट

कहानी संग्रह

डॉ गौरव कुमार

मेरी मां (श्रीमती शांति देवी) और पिता (श्री ब्रजनंदन पाण्डेय) को
समर्पित

क्रम-सूची

प्रस्तावना

प्रिय पाठक

यह पुस्तक "अखरोट" आठ कहानियों का संग्रह है जो रिश्तों के अलग अलग रूपों को दर्शाता है।

आशा है इस कहानी संग्रह को अपना प्यार देंगे।

आपका

डॉ गौरव कुमार

अखरोट

आफिस से घर पहुंचते ही सुमित अपने पिता के पास जाकर पूछा- चार पैकेट अखरोट जो मैनें ऑनलाइन आर्डर किया था, मिल गया आपको? मुझे मैसेज आया है डिलीवर्ड होने का?

हाँ बेटा, आया था एक डब्बा......... पर उसमें तो तीन ही पैकेट अखरोट के थे?- सुमित के पिता ने पूछा।

तीन ही पैकेट थे? मैनें तो चार का आर्डर दिया था?

रुकिए मैं बात करता हूँ कस्टमर केयर वालों से, उसे वापस कर देते हैं।

पर बेटा, एक पैकेट को तो खोल दिया मैनें? अब कैसे वापस होगा?

खोल दिया? क्यों?

मैं देखना चाह रहा था कि ठीक दिया है या नही? सड़ा हुआ तो नहीं दे दिया?

सुमित की आवाज में थोड़ी कठोरता आ गयी थी, बोला- आप के सामने ही मैनें आर्डर किया था न चार पैकेट? जब आपको तीन मिले, तो मुझे बताना चाहिए था न? आप बच्चे तो हो नहीं? जो हर बात मुझे समझानी होगी? ढाई सौ का नुकसान करा दिया आपने? अभी कुछ दिन पहले मैनें आपको एक पैकेट अखरोट लाकर दिया था, वो तो आपने खोलकर खाया भी नहीं होगा? और इसी वाले को खोल दिया? बिना कंफर्म किये की सही चीज डिलीवर हुई है या नहीं? पता नहीं क्या हड़बड़ी मची थी आपको, जैसे ऐसा अखरोट तो पहले देखा ही नहीं आपने?

सुमित के पापा थोड़ा नर्वस और असहज होते बोले- हां खो.. खोला था न जो तुमने लाकर दिया था उसे।

झूठ बोल रहे हो आप, मुझे पता है उसे आपने अलमीरा में छुपा कर रखा हुआ है।

झूठ पकड़ा गया था इसलिए उसके पापा ने स्वीकार कर लिया और धीमी आवाज में बुदबुदाते हुए बोले- हां रखा हुआ है पहले वाला... अब क्या करें? मैंनें तो इसे खोल दिया...... गलती हो गई......। कैसे वापस होगा? अब नहीं होगा न?

सुमित ने कस्टमर केअर वालों से बात की और उन्हें सारे तथ्यों से अवगत कराया तो उन्होंने एक पैकेट और उसके डिलीवरी के लागत का पैसा जोड़ कर उसके एकाउंट में वापस कर दिया। और जो गड़बड़ी हुई थी उसके लिए माफी भी मांगी।

सुमित का दिल हल्का होने के जगह और भारी होता जा रहा था।

"गलती हो गई। अब क्या करें?"

पापा के मुंह से निकले ये शब्द, सुमीत के कलेजे को अब भी भेद रहे थे। मन शर्मिंदगी से भरा जा रहा था।

उफ्फ्फ... ऐसा कैसे बोल सकता हूँ मैं अपने पिता को? किस तरह से बात की मैंनें उनसे?

उस पिता को, जो मेरी हर वो जरूरतों को मेरे मुंह खोलने से पहले ही पूरा कर दिया करते थे? जो मेरे हाथों से होने वाले बड़े नुकसान को भी

कभी भी पैसे से नहीं तौलते थे? जिन्होनें मेरी खुशी के लिए अपनी खुशियों, जरूरतों को नजरअंदाज किया? जो अपने रिटायरमेंट का सारा पैसा मुझे घर बनवाने और मेरी सुख सुविधा के लिए दिया और न कभी हिसाब माँगा, न ही किसी चीज पर असंतोष जताया।

और मैनें? मैनें क्या किया? मात्र ढाई सौ के खातिर मैनें अपने पिता को इतना सुना दिया? बचपन में उनके लाये ड्राई फ्रूट्स अपने दोस्तों में बांटा करता था और बचे हुए को फेंक भी दिया करता था, ये जानते हुए भी पापा ने मुझसे कभी कुछ नहीं बोला।

और आज बुढ़ापे में जब उन्होनें एक छोटे बच्चे जैसी हरकत की तो मैनें ....

आत्मग्लानि से भरा हुआ सुमित अपने पिता के पास पहुंचा।

उसके कुछ बोलने से पहले उसके पिता ने पूछा- क्या बोला कंपनी वाले ने? वापस करेंगें? अब तो नहीं ही करेंगें, मैनें पैकेट खोल जो दिया है। ज्यादा नहीं खाया हूँ, एक दो ही खाया था, बस चेक कर......

वो और कुछ बोल पाते, सुमित उनसे लिपटते हुए बोला- पापा, गलती आपसे नहीं, मुझसे हो गयी है। मुझे माफ़ कर दीजिए। मुझे आपसे इस तरह से बात नहीं करनी चाहिए थी। मैं आपका अच्छा बेटा न बन पाया।

सुमित के पिता ने अपने बच्चे को आलिंगन में भर लिया।

तरसती निगाहें

रामाशीष चच्चा शहर मे अफसर थे। उनकी दो बेटियाँ और दो बेटे थे जिनकी परवरिश उन्होने बढ़े ठाठ-बाट से किया बिना कोई भेदभाव किए। उनके बेटे और बेटियाँ शहर के नामी-गिरामी स्कूल कॉलेज से पढ़े और सरकारी नौकरी पा गए।

बेटियाँ तो पराई होतीं ही हैं, शादी होने के बाद अपने अपने घर संभालने लगीं। अब दोनों बेटे शादी को बचे थे। रिश्ते तो काफी आ रहे थे शादी के, पर लड़की देखा-देखी होने के बाद अक्सर कट जाती।

बड़ा बेटा सुधीर बाबू का डिमांड था की लड़की पढ़ी-लिखी हो और नौकरी भी करती हो। खुद तो शाहरुख खान था नहीं, पर मन मे दीपिका पादुकोने जैसी बीबी की लालसा लिए बैठा था।

खैर, चाहने से तो भगवान भी मिल जाते हैं........ तो बीबी कौन सी बड़ी बात थी? कुछ वर्षोपरांत मनपसंद लड़की मिल गई तो विवाह भी सम्पन्न हो गया। दोनों मियां-बीबी शहर मे ही रहने लगे। दो दो नौकरी से पैसा आने लगा तो घर बनते भी देर न लगा।

रामाशीष चच्चा का छोटा बेटा अपने भाई से भी दो कदम आगे निकल गया। मानों वह अपने बड़े भाई की शादी होने का बस राह ही देख रहा था। उसने साथ काम करने वाली एक लड़की से शादी करके, चच्चा चाची के आशीर्वाद लेने आ पहुंचा।

रामाशीष चच्चा थोड़ा कसमसाए, लेकिन चाची के समझाने पर मान गए। ऐसी करनी के लिए अपने छोटे बेटा को मन से उतार चुके थे रामाशीष चच्चा।

जल्दी ही छोटा बेटा भी अपनी बहुरिया को लेकर शहर की ओर चलता बना।

चच्चा जबतक नौकरी किए अपना मकान न बना पाये शहर में..... और बनाते भी कैसे? सारा पैसा तो अपने बच्चों के परवरिश मे लगा दिये थे....... जब रिटायर हुए तो सोचा की चलो हम तो घर नहीं बना पाये, पर मेरे बड़े बेटे ने तो बना लिया..... और पहुँच गए बिना बताए बड़े बेटे के यहाँ।

सुधीर बाबू ने बड़ा घर बनाया था शहर में और थोड़ी बहुत इज्जत और नाम भी। घर के दरवाजे पर दरबान ने प्रवेश करने से रोका तो चाची ने अपने बेटे को आवाज लगाया। बेटा तो घर में था नहीं पर उनका बड़ा सा कुत्ता आकर उनकी उपस्थिती से बड़ी बहू को अवगत कराने लगा।

वह तबतक भौंकता रहा जबतक बड़ी बहू ने उसे चुप रहने को न कहा। चच्चा चाची तो अपनी बहू को पल में पहचान गए पर बहू न पहचान पायी। बहुत सारे सबूत देने पड़े तब जाकर घर में प्रवेश मिला।

चाची को थोड़ा बुरा लगा पर चच्चा समझाये कि बहू घर मे रही ही कितना दिन है, जो झट से पहचान जाती हमें...? चाय बिस्कुट मिला नास्ते में पर भोजन नसीब बेटे के आने के बाद ही हुआ।

चाची का कलेजा तब फट गया, जब बहू द्वारा नौकर को कुत्ते वाले कमरे मे चच्चा-चाची की सोने की व्यवस्था करने का हिदायत देते सुना। चच्चा को जब इस बात की जानकारी हुई उन्होने अपना बोरिया-बिस्तर समेटना ही उचित समझा।

अरे...... इतनी रात को जाओगे....?- चाची ने विस्मय से पूछा।

हाँ... तो रह लिए न...., शौक पूरा हो गया आपका....?
और लगाओ रट, बेटे के यहाँ जायेंगे, बेटे के यहाँ जायेंगे -रामाशीष
चच्चा थोड़ा खीजते हुए बोले।

अरे... सुधीर पूछेगा तो...?– चाची ने आशंका जताई।

चच्चा खामोशीपूर्वक सामान लगाते रहे।

सुधीर...सुधीर... जरा बाहर का दरवाजा खोल दो... हमारी ट्रेन है...-
चच्चा ने बेटे को आवाज लगाया।

अभी...इतनी रात को... कहाँ जा रहे हैं....? हमें लगा... रहने आए हैं....
तो रहिएगा दु.. चार... दिन.. –बेटे ने अपनी मनःस्थिति दर्शा दी।

अरे नहीं....., हमलोग तो तुमलोगों को देखने ही आए थे..., देख लिए..
अब का करेंगे रह कर..?, जा रहे हैं..., ई देखो... ट्रेन का टिकिट...-
रामाशीष चच्चा ने आने वाला टिकिट आधा छुपाते आधा दिखाते
कहा...।

बहू कहाँ है...? तनी आशीर्वाद दे देते...- चाची ने घर में झाँकते कहा।

वो.. वो... सो रही है - सुधीर थोड़ा असहज होते बोला।

बेटे को आशीर्वाद देकर चच्चा-चाची विदा हो लिए।

कितना दिन शहर के मकान का किराया देते? कुछ दिन बाद दोनों ने
अपना मन बनाया और गाँव लौट आए।

दिन बीतने लगा, दोनों खुदे बनाते खुदे खाते और आपस मे ही अपना दुखड़ा रो लेते। एक दिन रामाशीष चच्चा सीढ़ी से फिसल गए..... पैर टूट गया। गांव वाले ढो-टांग कर डॉक्टर के पास ले गए। प्लास्टर हुआ और चच्चा बेड पर आ गए।

बुढ़ापे का फ्रैक्चर जल्दी थोड़े न जुड़ता है? समय लगने लगा। छ: महीने बेड पर पड़े पड़े चच्चा को बेडसोर हो गया और पूरा कमर जख्मी था ही......... धीरे धीरे पीठ के तरफ भी फैलने लगा। स्थिति चिंताजनक होने लगी, तो चाची अपने बेटे बेटियों को खबर भिजवा दीं। पर बेटों को फुरसत कहाँ थी? किसी तरह फुर्सत निकाल एक बेटी आई तब जाकर मलहम पट्टी का काम सुचारू ढंग से होने लगा।

चाची भी पति की दशा देख देख मरियल सी होने लगी। कमजोरी इतनी हुई कि चच्चा की यादाश्त शरीर के साथ कमजोर पड़ने लगी। कभी अपनी बेटी और पत्नी को पहचानते कभी नहीं। पर जब भी कोई गाड़ी की आवाज या किसी मर्द की आवाज सुनाई दे तो पूछा करते- सुधीर आया क्या...?

चाची जल भून कर एक ही जबाब देतीं-नहीं जी, नहीं आया है।

जब तक जागे रहते बार बार पूछते रहते - लगता है.. आ गया.. मेरा बेटा आ गया...।

चाची कभी रोते हुए तो कभी झिड़कते हुए बोला करतीं - ना... जी, नहीं आया है...।

चच्चा बोलते - आप बताये..?, खबर भिजवाए....? जानता अगर मेरे बारे में...तो जरूर आता...।

बेटे के आस लगाए चच्चा एक दिन चल बसे। चाची यह आघात सह न सकीं, उनके शरीर पर लोट लोटकर रोती हुई वो भी चच्चा के साथ हो लीं।

यही शाश्वत सत्य है कि एक माता-पिता अनेक बच्चों को पाल लेते हैं लेकिन अनेक बच्चे मिलकर भी एक माता -पिता को नहीं पाल पाते। चच्चा के प्राण पखेरू भले ही उड़ चुके थे परंतु उनकी पथरायी आँखें अब भी बेटे का इंतजार कर रही थीं।

पड़ोसियों की सहायता से बेटी ने अपने दोनों माता पिता का अंतिम संस्कार किया। घर के बाहर लटका हुआ ताला अब घर के नए मालिक का इंतजार कर रहा है। कहते हैं इतिहास अपनी पुनरावृत्ति करता है शायद इसी बाबत ताले को भी सुधीर के बुढ़ापे का इंतजार है।

मोती - एक अविस्मरणीय बेजुबान

भैया इसे ले चलो न घर पर - रमेश ने अपने भाई के हाथ को पकड़ कर बड़ी ही कातरता से कहा।

धत् पगले! क्या करेगा इसे ले जाकर? अरे ये तो साधारण नस्ल का है। पालना है तो कोई विदेशी नस्ल का पालो। देखो न कितना गंदा भी है। - उसके भाई ने उसे समझाने की कोशिश की।

नही, नही, चलो न इसे लेकर- रमेश ने फिर आग्रह किया।

अरे तो इसे लेकर कैसे जाएंगे? सुसु पोट्टी करेगा रास्ते भर - रमेश के बड़े भाई सोमेश ने खीजते हुए कहा।

इसे एक थैले में डाल लेते हैं, तुम धीरे-धीरे सायकिल चलाना और मैं कैरियर पर आराम से इसे गोद में लेकर बैठ जाऊंगा, जब घर पहुंच जाएंगे तो थैले से निकाल देंगें। - रमेश ने तर्क दिया।

अरे मर जायेगा ये, दम घुट जाएगा इसका- सोमेश ने झिड़कते हुए कहा।

नहीं मरेगा, मैं इसका मुंह थोड़ा बाहर निकाले रहूंगा न? मर कैसे जाएगा?- रमेश जिद पे अड़ा रहा।

ठीक है तुम ही छूना उसे मैं तो नही छुऊंगा-सोमेश को अपने छोटे भाई की जिद माननी पड़ी।

रमेश की तो जैसे मुंह मांगी मुराद पूरी हो गई थी। झट से कपड़े के एक

थैले में बड़े ही कुशलतापूर्वक उसने उस पिल्ले को इस तरह से रखा जिससे उसका मुंह थोड़ा बाहर की ओर निकला रहे और साइकिल के पीछे कैरियर पर सवार होता हुआ अपने बड़े भाई को चलने के लिए इस तरह से हुक्म दिया जैसे कोई राजा कोई लड़ाई जीत कर अपने साम्राज्य को वापस लौट रहा हो।

दरअसल रमेश को पालतू जानवरों से बहुत लगाव था। जब से उसका एक प्रिय कुत्ता शेरू बूढ़ा होकर मरा था तब से उसके सर पर दूसरा कुत्ता पालने का भूत सवार था जो शेरू की कमी को पूरा कर सके। और आज उसने भाई के साथ बाजार से लौटने वक्त एक धूल धूसरित मटमैला बीमार सा पिल्ला देख लिया। उसे अकेला देख, वो अपने घर ले जाने के लिए आतुर हो उठा.

आधे रास्ते मे उस पिल्ले का नामकरण और घर आते आते उसके रहने का स्थान, उसके खाने का बर्तन, उसके सोने के लिए बिस्तर इत्यादि सब निर्धारित हो गए।

मम्मी, मम्मी, देखो न, कौन आया है- रमेश ने अपने माँ को जोर जोर से आवाज दिया।

कौन आया है? - माँ ने पूछा।

रमेश ने थैले को पिल्ले के मुंह से धीरे धीरे इस तरह से हटाया जैसे सास अपनी नई नवेली बहु का चेहरा मुहल्ले वालों को दिखाती है।

अरे ये क्या ले आया है?
कहाँ से उठा लाया?
इसकी माँ तुम्हे काट लेती तो?

लाना था तो कोई सुंदर सा देख कर लाता,
बीमारू को क्यों उठा लाया?
मुझे कहता में मंगवा देती सोनपुर मेले से- रमेश की माँ ने नाराज होते
हुए कहा।

बताता हूं सब बताता हूँ - रमेश ने मोती को आहिस्ते से जमीन पर
रखते हुए कहा।

उसने बाजार से घर आने तक की एक एक घटनाओं को एक गौरव
गाथा की तरह अपनी माँ को सुनाया और मोती उतनी देर रमेश के पैरों
के पास बैठा रहा।

मानवों को भगवान ने अगर उत्कृष्ठ सोचने की शक्ति प्रदान की है तो
उन्होंने जानवरों के ज्ञानेन्द्रियों को बेमिसाल बनाया है। शायद
इसीलिए जानवर स्पर्श को ज्यादा अच्छे से समझ पाते हैं और जो
प्यार देता है उनके भक्ति में सारी जिंदगी निःस्वार्थ भाव से तल्लीन
रहते है। मोती भी आधे घंटे के स्नेह स्पर्श को समझ चुका था और
रमेश को अपना मालिक मान चुका था।

मोती के लिए एक छोटी सी चारपाई, बिस्तर और जगह का इंतजाम
फौरी तौर पर किया गया और खाने के लिए दूध- रोटी दिया गया।
रमेश ने ये सारा इंतजाम अपने सिरहाने से केवल पांच फीट की दूरी पर
किया। उसका वश चलता तो वो मोती को अपने साथ लेकर सोता पर
विवश था क्योंकि रमेश को अपने पिता जी के पास सोना था। उसके
पापा ने भी कोई आपत्ति दर्ज नही की बल्कि वे खुश थे कि चलो घर की
रखवाली करने को कोई आ गया।

7 बजे सुबह उठने वाले रमेश की नींद आज 5 बजे ही खुल गई थी, ऐसा

प्रतीत हो रहा था जैसे रात भर वो सोया ही न हो। मोती भी जैसे रमेश के आने का इंतजार ही कर रहा था। रमेश के पास आते ही वो भी अपनी पूंछ हिलाकर और कुँ-कुँ की आवाज करते हुए प्यार दिखाने लगा। रमेश ने उसे गोद मे बिठा कर सहलाया और उसके बाल से सारे खर-पतवार और मिट्टी को साफ किया फिर उसे साबुन से रगड़ रगड़ कर नहलाया। तौलिये से उसके शरीर को पोछ कर उसे धूप में रखा। फिर खाना पानी दिया।

यह दिनचर्या लगभग हर दिन की थी बस 15-20 दिनों बाद मोती की ट्रेनिंग खेल कूद के माध्यम से शुरू हो चुकी थी। मोती धीरे धीरे घर के सदस्य में शामिल हो चुका था।

दो तीन महीनों में मोती जब जरा बड़ा हुआ, उसका शरीर और मुंह उसकी प्रजाति के मुकाबले थोड़ा लंबा और बाल छोटे छोटे रेशमी व मुलायम हुए। सबसे ज्यादा आकर्षक तो उसके कजरारे नैन थे। उसे तो अब घर के अंदर आने जाने की अनुमति मिल चुकी थी, पर कभी भी उसने रसोई में प्रवेश नही किया और न ही कभी उसने घर को गंदा किया। उसे अगर मल मूत्र त्यागना होता तो बगीचे में जाया करता था। रमेश की माँ का भी लाडला था वो क्योंकि जब भी जमीन पे वो किसी काम से बैठती थी मोती उनके आँचल में चुपके से अपने को लपेट लेता, कभी कभी हड़बड़ी जब भी माँ काम निपटा कर खड़ी होती वो धम्म से जमीन पे गिर जाता। ऐसा दो चार बार हुआ, पर अब तो माँ को भी याद रहने लगा था इसलिए जब भी खड़ी होने को होती पहले उसे अपने आँचल से निकालती थी। पर प्यार से झिड़की देना न भूलती थी कि बहुत बदमाश हो गया है, बहुत मार लगेगी , चल भाग बदमाश इत्यादि। और बदले में मोती पूँछ इतनी जोर से हिलाता जिससे उसका आधा शरीर भी हिलने लगता, ये देख कर माँ की हंसी छूट जाया करती। मोती को दिन का खाना रमेश के माँ के हाथों और रात का पापा के हाथो होता। पापा जब भी खाने बैठते एक निवाला खुद खाते और

दूसरा मोती को मिलता। मोती भी बड़े इत्मीनान से अगले निवाले का इंतज़ार करता।

घर के सदस्य अगर संस्कारी हों तो उनके जानवर भी संस्कारी हो जाते हैं। हमारे आस पास के परिवेश हमारी जिंदगी को बहुत प्रभावित करते हैं। अगर एक राजा के बेटे की परवरिश किसी चोर के यहां हो तो वो भी चोर ही बनेगा राजा थोड़े न बनेगा? ठीक उसी प्रकार मोती जानवर होकर भी मानवों का गुण सिख रहा था।

मोती की समझने की शक्ति बहुत विकसित हुई जिससे वो परिवार के कुटुम्बों का भी पहचान लेता और घुल मिल जाता। जब कोई अतिथि घर आते, उनके आने की सूचना भौंक कर नही, घर आकर किसी के कपड़े को खींच कर देता था। हाँ, किसी अजनबी जिससे रमेश का खून का रिश्ता नही होता उनके आने पर जरूर शोर मचाता था। इतना ही नही कुटुम्ब को विदा करने भी जाता था, केवल इसी समय वह घर से बाहर जाता था, एकदम निर्भीक, निडर होकर। क्या मजाल जो गली के कुत्ते उस पर भौंक भी दें। शायद वे भी इसके व्यक्तित्व के कायल हो चुके थे।

जोरों की ठंड पड़ रही थी। मोती के लिए रजाई का इंतज़ाम किया गया। एक सुबह जब रमेश उसके पास गया मोती ने कोई प्रतिक्रिया नही दी। रमेश के तो मानो सांस ही थम चुकी थी, उसने अपने भाई, माँ पिता सबको बुलाया। पापा ने कहा इसे ठंड लग गई है अब तो इसे नहलाना बंद करो? इसे आराम करने दो कुछ दिनों में ठीक हो जाएगा। सब अपने कामों में लग गए पर रमेश मोती के बालों को सहलाता उसके पास ही बैठा रहा।

बार बार माँ के पास जाकर पूछता -माँ बताओ न कैसे ठीक होगा मोती?

क्या करें? न तो कुछ खा रहा रहा न ही पानी ही पी रहा है।

माँ ने कहा इसके पास अलाव जला दो गर्मी रहेगी तो जल्दी ठीक होगा। अलाव लगा पर मोती के तबियत में सुधार नही हुआ। रमेश भी माँ के बहुत आग्रह करने पर दो रोटी खाया था। उसकी तो भूख प्यास तो जैसे खत्म ही हो गई थी। मोती की सेवा में कोई कसर बाकी न रहे बस यही धुन उसके सर पे सवार थी। उसे याद आया जब मेरी तबियत खराब हुई थी तो माँ ने तेल गरम करके मालिश की थी। बस यही प्रक्रिया उसने मोती के साथ भी शुरू कर दी। दो दिनों तक सेवा प्राप्त कर मोती का स्वास्थ्य बेहतर होने लगा था और तीसरे दिन से रमेश को अपना मोती फिर से मिल चुका था। एक कुत्ते की इतनी सेवा? पापा ने तंज कसा- बुढ़ापे में हमारी इतनी सेवा बेटे के हाथों पता नही हमारे नसीब में होगी या नही? रमेश का बाल-मन इस मजाक को समझ न पाया।

समय का पहिया गतिशील था। पांचवीं में पढ़ने वाला रमेश अब दसवीं में जा चुका था। पढ़ाई के बढ़ते बोझ, और मोती के साथ मस्ती, के साथ वो सामंजस्य बनाये हुए था।

छठ पर्व में रमेश को कुछ दिनों के लिए उसकी दीदी के यहां जाना था। इस बात को मोती पता नही कैसे भांप चुका था, इसलिए सुबह से वो रमेश के इर्द गिर्द मंडरा रहा था। इंसान तो था नही, बोल तो सकता नही था? अगर बोल पाता तो जरूर जिद करता कि मैं भी जाऊंगा, मुझे भी ले चलो, मैं इतने दिन किसके साथ खेलूंगा? कौन मुझे नाहलायेगा? वो बस कूँ सूं, कूँ सूं कर कातर निगाहों से रमेश को तैयार होते देख रहा था। आज मोती ने कुछ नहीं खाया। रमेश ने माँ से पूछा -माँ आज इसे क्या हो गया है ये खा पी क्यों नही रहा है? गैंडे जैसा हो गया है नहीं तो मैं इसे साथ लिए जाता। जबाब में मोती ने अपनी कूँ सूं जारी रखी।

पंद्रह दिनों बाद आज रमेश घर वापस आया, आकर पहले मोती के पास गया उसे वहां न पाकर काफी चिंतित हुआ माँ पापा का आशीर्वाद लेकर पूछने लगा- मोती?

माँ ने जबाब दिया - भैया उसे लेकर डॉक्टर के पास गया है। तुम जब से गये हो उसकी तबियत खराब रहने लगी थी, आता ही होगा।

रमेश और विस्तृत से मोती के स्वास्थ्य के बारे में जानने के लिए उत्सुक हो उठा। भरे गले से पूछा- क्यों तबियत ज्यादा खराब हो गई है क्या?

माँ ने सांत्वना देते हुए कहा- डॉक्टर ने बताया है कि उसके पेट मे फीता कृमि हो गया है, दवा चल रही है, ठीक हो जाएगा। तुम हाथ मुंह धो लो मैं खाना लगाती हूं। पर उसे भूख कहाँ थी?

डॉक्टर के यहां से सोमेश मोती को लेकर जैसे ही लौटा रमेश ने मोती को गोद मे ले लिया। मोती अपने स्वामी का सानिध्य पा कर हर्षित हो उठा, लगा जैसे किसी ने उसमें जान फूंक दी हो। सब विस्मय दृष्टि से उसे देख कर आश्चयचकित हो रहे थे। रमेश एकटक मोती को देखे जा रहा था और मोती कभी उसके हाथ कभी उसके चेहरे को चाटे जा रहा था। कुछ देर के लिए तो ऐसा लगा जैसे सब कुछ सामान्य हो गया, लेकिन मोती का स्वास्थ्य बहुत ही गिर गया था फलतः थोड़ी देर बाद मोती धीरे -धीरे सुस्त हो गया, उसकी आंखों से आंसुओं की अविरल धारा बह रही थी।

माँ बताने लगी- तुम्हारे जाने के बाद ये तो न कुछ ढंग से खा रहा था न ही पी रहा था। इसका बस एक ही काम था, गेट के पास घंटो बैठ कर तुम्हारा इंतजार करना। एक दिन एक परकटा तोता कहीं से आंगन में

आ गिरा, मैं उसे उठाने गई तो वह अपने बचाव में मुझे जोरों से काट लिया और मेरी चीख निकल गई। मोती वहीं बैठा सब देख रहा था, पर मेरी चीख और हाथों से बहता खून देख उसे पता नही क्या हो गया, उस तोते पे झपटा और उसे लेकर बाहर भागा। मैं उसके पीछे गई पर मुझे उस तोते का कहीं नामोनिशान नहीं मिला। मुझे यकीन है इसने उसे खा लिया था इसीलिए इसके पेट मे कृमि हो गया है।

पर रमेश सुन कहाँ पा रहा था अपनी माँ की आवाज को? वो तो जड़ हो चुका था, वह अपलक मोती को निहार रहा था। उसके साथ गुजारे तमाम लम्हे चलचित्र की भांति उसके नजरों के सामने थे।

अकस्मात वह उठा और उसने मोती के शरीर को झिंझोड़ते हुए -से पूछा क्या जरूरत थी तुम्हें अपना जौहर दिखाने की? न चैन से रहते हो न रहने देते हो।

पर यह क्या!

मोती का ठंढा निढाल शरीर उसकी गोद से जमीन पर गिर गया।

धम्म की आवाज की साथ रमेश की तंद्रा टूटी, मोती के प्राण पखेरू जा चुके थे परन्तु उसकी आंखें अब भी खुली थीं और अपलक, एकटक रमेश को निहार रही थी;

शायद यह उसके इंतजार की इन्तेहाँ थी।

बड़े ही भारी मन से मोती को उसी बागीचे में दफनाया गया जहां वह अक्सर वह अपनी क्रीड़ाएं किया करता था। सच है कभी कभी कोई बेजुबान भी मानवीय संवेदनाओं की सभी सीमाएं पार कर जाता है।

बंद दरवाजा

रमेश, अपनी पत्नी को समझाने की कोशिश करते हुए बोला- समझा करो, अभी नहीं जा सकते हैं नैनीताल। माँ है घर में, उसे अकेले कैसे छोड़ दें? कैसे रहेगी वो? खाना कैसे बनाएगी? वैसे ही काफी कमजोर हो गई है, बीमार पड़ने से। कभी और चलेंगे, अभी रहने दो।

रागिनी झिड़कते हुए बोली- शादी के पाँच साल हो गए हैं, कभी बोली हूँ की घुमाओ मुझे? कहीं लेकर गए हो आजतक मुझे घुमाने? जब से ब्याह कर लाये हो, नौकरानी बना कर रखे हो.... पूरी दिन मैं लगी रहती हूँ तुम्हारे ही परिवार की सेवा करने में... रागनी ये...रागनी वो...जबसे तुम्हारे पिता जी गुजरे हैं तब से सब्जी लाने भी मुझे ही जाना पड़ता है...तुम्हारी माँ का तो दिन भर पूजा पाठ और सोने में ही निकल जाता है। मेरा भी दिल करता है किसी दिन आराम करने को? मैं भी मनुष्य ही हूँ कोई मशीन नहीं जो दिन भर चलती रहे..और तो और...मैं तो तबियत खराब होने पर भी आराम नहीं कर सकती..तुम और तुम्हारी माँ भूखी नही रह जाएंगी भला???

रमेश थोड़ा गुस्साते हुए बोला- कितनी गंदी सोच है तुम्हारी मेरे माँ के प्रति? अरे वो शौक से थोड़े न बेड पर रहती है? दिल की मरीज है वो? डॉक्टर ने बेड रेस्ट को बोला है उनको...तुम जब आई थी इस घर में तो क्या वो सोई ही रहती थी? सुबह सुबह वही चाय बना कर देती थी तुम्हें तब जाकर नींद खुलती थी तुम्हारी? अरे, कुछ तो शर्म करो??

रागिनी ने रमेश को भड़कते देख, अपना रंग बदल लिया, बोली- ओहो बाबा, तुम तो गुस्सा ही हो गए, मुझे मजाक करने का भी अधिकार नही है न तुमसे?? अपनी व्यथा मैं तुमसे नही कहूंगी तो किससे कहूंगी?? बताओ?? अच्छा सॉरी बाबा, गलती हो गई...मुझे ऐसा नहीं

बोलना चाहिए था। माफ कर दो, प्लीज़।

फिर रमेश को अपनी बांहों में भरकर बोली- तुम्हे नहीं लगता की अब हमारा भी एक बच्चा हो? मेरी भी गोद भर जाए? प्यार से तुतलाते हुए तुम्हें पापा पापा बोले? लेकिन तुम्हे फुरसत कहाँ है...अपनी नौकरी से? रात को देर से आते हो फिर सुबह सात बजे चले भी जाते हो...रविवार के दिन तुम्हारे यार दोस्त ही आ जाते हैं और वे न आये तो सारा दिन माँ से बात करने में गुजार देते हो... मेरे लिए तो तुम्हारे पास वक्त ही नहीं है...

आंखों में आंसू भरकर फिर बोली- पता नहीं क्यों शादी की तुमने मुझसे?? मेरी किस्मत में तो बांझ ही बनकर रहना लिखा है.... संतान सुख तो मुझे अगले जन्म ही मिलेगा...
तुम्हारा मन नहीं है तो मत ले जाओ मुझे कहीं..आज के बाद बोलूंगी भी नही मैं तुम्हे कहीं ले जाने को... तुम्हे अगर फुरसत नहीं तो... और अगर तुम्हारे वश में नहीं.....तो, मेरे लिए ला दो एक बच्चा अनाथालय से।

रागिनी का ये शब्दरूपी ब्रह्मास्त्र रमेश के दिल को भेद गया....दूसरे, उसके पुषत्व पर उंगली उठ रही थी... वो झेल न पाया इस दो तरफे वार को और नैनीताल जाने को राजी हो गया।

पूरे दस दिन का प्लान बना। रमेश की माँ ने भी अपनी सहमती दे दी...मन तो विचलित हो ही रहा था पर दिल पर पत्थर रख, अपनी अनुमति दे दी।

आज सुबह सुबह जाना है, टैक्सी आ चुकी है, रमेश माँ का आशीर्वाद लेकर, एक एक कर सभी समानों को डिक्की में लगा रहा है। काम पूरा

होने पर रागिनी को आवाज दिया - रागिनी जल्दी आओ, ट्रैन हमारे लिए रुकेगी नहीं। रागिनी, चुपके से माँ का मोबाइल रखा, घर का मुख्य दरवाजा बंद किया और जल्दी जल्दी गाड़ी में आकर बैठ गई......... दोनों नैनीताल को निकल गए।

रमेश की माँ घर में अकेली रह गई...पूरा दिन तो यही सोचते निकल गया कि क्या बनाऊं क्या खाऊँ?? फिर उठी फ्रिज से फल निकाल कर खा ली और खिड़की से बाहर झांकते हुए अपने बहु बेटे का इंतजार करने लगी।

दो दिन ऐसे ही बीत गए....पर अब तो फल भी खत्म होने को आये..... वैसे भी कोई रोज फल खा कर रह तो सकता नही...खाना तो बनाना ही पड़ेगा...उठी...नहा-धो, पूजा-पाठ कर रसोई में पहुंची कि कुछ बना लेते हैं.....पर इंडक्शन देख कर हैरान रह गई.....मुआ ये क्या बला है.....कैसे चलता है......बहु ने तो बताया नहीं.....नए जमाने के लोग.....कितना अच्छा था गैस का चूल्हा.....जब से मैनें रसोई में जाना छोड़ा है तभी से रागिनी इंडक्शन मंगवा ली थी.....अब.....चलो कल के कुछ फल बचे हैं...आज फिर वही खाकर गुजरा कर लेती हूँ...

तीसरा दिन भी फल पर ही गुजरा.... पर आगे.....क्या खाऊँगी? रमेश की माँ ने सोचा चलो बगल के बाजार से कुछ बिस्किट वगैरा ले आते हैं..... अपनी बची खुची शक्ति को समेट कर जाने को हुई तो.....दरवाजा बन्द पाया.... लौट कर बिस्तर पर लेट गई..... भूख तो जोरों की लगी हुई थी....तो नींद कैसे आये....कुछ देर बाहर खिड़की से झांकती रही.....फिर फ्रिज खोला.....सब्जियों को निहारा....एक दो टमाटर, दो बैंगन खा कर पेट भर लिया.....और चौथा दिन भी गुजर गया।

रोज की तरह आज भी उठी....स्नान ध्यान कर दृढ़ निश्चय किया....आज तो कुछ बना ही लूंगी.....मनुष्य अगर चाहे तो कुछ भी मुश्किल नही....फिर ये इंडक्शन चलना कौन सी बला है?? पर चावल दाल निकाल कर धोने के लिए नल खोला....पर ये क्या.... नल में तो पानी भी नहीं आ रहा है... बिना पानी कैसे काम चलेगा...चलो मोटर स्टार्ट कर देते हैं... मोटर कहाँ है......हां, घर के बाहर...घर के बाहर?? यह सोचते ही जहन में बिजली सी कौंध गई ..... क्योंकि, दरवाजा तो बंद है....छत पर जाने की सीढ़ी भी तो बाहर से ही है.....लगता है हड़बड़ी में भूल गया कि मैं तो घर में ही हूँ..... गला भी सुख रहा है... फ्रिज से पानी निकाल कर पी लेती हूँ... फ्रिज खोला.... तो पानी की एक भी बोतल नहीं...खुद को कोसा, मैं भी कितनी पागल हूँ??...जब भर कर रखा नहीं तो ढूंढ क्यो रही हूँ....चलो कुछ देर सो लेती हूँ.... माँ सोती रही... और पांचवा दिन भी बीत गया।

भूखे पेट नींद भी ज्यादा देर साथ नहीं देती है... सुबह तड़के ही नींद खुली...भूख बहुत तेज लगी हुई है...फल तो खत्म हो गए...थोड़े चावल ही खा लेती हूँ....दो फांक, चार फांक...अब बस....कच्चा चावल नुकसान करेगा... प्यास लगी है....पानी भी तो नहीं है...बाथरूम में है तो पानी...छी, छी, न, न.... आज बिना पानी पिये ही गुजरेगा......माँ कैलेंडर देख रही है...आज छठा दिन है...रमेश को आने में चार दिन और बाकी हैं....चार दिन......कोई बात नहीं...दोनों घूमने गए हैं...खुश रहें बस.... इंडक्शन चलाने की कोशिश करती हूँ....बिजली से चलता है पता तो है....पर चलाया नहीं कभी....और अगर चल भी गया तो बनाउंगी क्या...कैसे...पानी??.....जो बचा-खुचा था, वो तो सुबह फ्लश में ही खत्म हो गया....कोई बात नहीं...एक और बाथरूम है...उसमें होगा....माँ बाथरूम के फ्लश का ढक्कन खोल पानी ले आई.....इंडक्शन चलाने के लिए प्लग लगाई....पर स्विच ऑन करते दोनों जगह बिजली दौड़ी.....तार थोड़ा कटा हुआ था.....रागिनी को तो

पता था... वो सावधानी से इस्तमाल करती थी...पर माँ को तो पता नहीं.....बुढ़ापा का कमजोर शरीर, बिजली का झटका न संभाल सका....माँ धम्म से नीचे गिर पड़ी....पड़ी रही शाम तक.... पानी...पानी....पानी...।

अब तो फुसफुसाने की भी आवाज नहीं आ रही, उसके गले से....चार दिन और बीते....घर के बाहर कुछ लोग खड़े होकर...बात कर रहे हैं....रमेश के घर से बहुत बदबू आ रही है....तुम्हें भी आ रही है न???....तीन चार लोगों की आपसी सहमति से पुलिस को खबर दी गई...दरवाजा तोड़ा गया....अंदर एक औरत की सड़ी हुई लाश मिली है....रमेश को खबर देने की कोशिश की गयी पर फ़ोन ऑफ मिला।

टेलीविजन और पेपर में न्यूज़ आया "कलियुगी बेटे ने अपनी बीमार बूढ़ी माँ को घर में किया बंद, भूखी और प्यासी माँ ने बंद कमरे में तोड़ा दम"।

राजगीर की यात्रा

हर सप्ताह शनिवार को रंजीत के पापा उससे मिलने होस्टल आते और जाते वक्त कुछ रुपये उसे दे जाते।

रंजीत बहुत ही संतोषी व अंतर्मुखी स्वभाव का लड़का था। वह कभी भी अपने पापा से कुछ दिलाने की जिद नही करता। जितना मिलता चुपचाप रख लेता।

आज होस्टल में सुबह से ही कुछ ज्यादा ही चहल-पहल थी क्योंकि सभी बच्चों को राजगीर घूमने जाना था। पर रंजीत इसी उधेड़बुन में था कि वह सब के साथ घूमने जाए या ना जाये। क्योंकि उसके पास पैसे इतने नहीं थे जिससे कि वह राजगीर में कुछ खरीद पाए।

काश! शनिवार को पापा से कुछ ज्यादा पैसे ले लेता, जो मिला था सब तो खर्च हो गया। सब बच्चे कुछ न कुछ अपने लिए तो जरूर खरीदेंगे, जो मन मे आएगा खाएंगे, झूला झूलेंगे। पर मेरे पास तो इतना पैसा है ही नहीं कि मैं कुछ कर पाऊं। अगर नहीं जाता हूँ तो पूरा दिन अकेले गुजरना होगा होस्टल में... - अकेले रहने के ख्याल से ही सिहर उठा रंजीत।

अभी सोच के भंवर में गोते ही लगा रहा था कि उसका प्रिय मित्र पुरूषोतम ने उसके कंधे पर हाथ रखते हुए बोला-
रंजीत राजगीर घूमने जाना नहीं है क्या?

अचकचाते हुए रंजीत ने हाँ में गर्दन हिलाते हुए कहा- हाँ, जाना है।

तो इतना क्या सोच रहे हो? चलो तैयारी करो।

रंजीत उठा और अपना बैग लगाने लगा।

मन मे ख्याल आया कि वह पुरूषोत्तम से अपने दिल की बात बता दे और कुछ पैसे मांग ले, पर उसके स्वाभिमान ने उसे ऐसा करने से रोक दिया।

मन ही मन अपने आपको समझाया कि आने जाने का इंतजाम तो होस्टल वाले कर ही रहे हैं, क्या हो जाता है अगर मैं एक दिन झूले पर नहीं बैठूंगा, चाट-पकौड़े और आइसक्रीम नहीं खाऊंगा तो... जो सब करें जरूरी तो नहीं कि मैं भी वही करूँ....जब पापा आएंगे तो उनसे पैसे लेकर बाद में अपनी इच्छा पूरी कर लूंगा। और वैसे भी वहां तो घूमने जा रहे हैं ना तो मन लगा कर घूमूंगा। दस रुपये हैं ही, कुछ भी लेकर खा लूंगा।

किसी तरह से रंजीत ने अपने मन को समझा लिया और सब के साथ बस में सवार हो लिया। रास्ते भर सभी बच्चों के साथ अन्ताक्षरी खेलते कब राजगीर पहुँच गया उसे भी पता न चला।

दोपहर तक वेणुवन, विरायतन, स्वर्ण भंडार, जरासंध का अखाड़ा आदि घूमने के बाद बस एक ढाबे पे रुकी। साथ आये एक शिक्षक ने उद्घोषणा किया - बच्चों, आप लोग यहां अपने इच्छानुसार कुछ भी खा सकते हैं। आपलोगों के पास एक घंटा है फिर हमलोग रज्जु-मार्ग होते हुए होस्टल लौटेंगे।

सभी बच्चे अपनी मनपसंद चीजें मंगा-मंगा कर खाने लगे। पर रंजीत रेट-लिस्ट पढ़ कर कोई भी निर्णय नही ले पाया कि वह क्या खाये?... सभी चीजें उसके पॉकेट में रखे दस रुपये से ज्यादा की थी, केवल समोसे को छोड़ कर..... उसने दो समोसे मंगा लिए और खाकर चुपचाप

बस में आकर बैठ गया और बस की खिड़की से अपने साथियों को विभिन्न तरह की चीजें खाता देखता रहा।

इस समय उसके दिमाग में कई सारे विचार कौंध रहे थे। उसे लग रहा था कि शायद इसे ही जीवन कहते हैं। जीवन अपने अनेक रुप दिखाता है यह भी उसी में से एक है आखिर क्या अंतर है उन बच्चों में और मुझ में ? शायद यही कि मेरे पास पैसे नहीं हैं; लेकिन परिवार के सदस्य मुझे भी उतना ही प्यार करते हैं जितना उन्हें... बल्कि उनसे भी बढ़कर कहीं ।

उसे पहली बार पैसे की अहमियत और उसके रुतबे का पता चला। यह वही पैसा है जो जीवन के लिए आवश्यक तो है.. लेकिन समाज के बीच एक अविभाजित लाइन भी खींचता है... उसका बाल-मन इन्हीं कशमकश में उलझा था।

खाना निपटा कर जब सब बच्चे बस में आ गए तो बस रज्जु मार्ग की ओर चल पड़ी।

रज्जु मार्ग क्या है? एक बच्चे ने बड़ी ही उत्सुकता से अपने बगल के सहपाठी से पूछा।

उसने समझाने की कोशिश कि- अरे, मार्ग मतलब होता है - रास्ता, तो रज्जु मार्ग कोई सड़क होगा जो किसी रज्जु नाम के आदमी ने बनाया होगा।

तो किसी और ने अपना तर्क दिया- क्यों जरूरी थोड़े न है कि कोई बनाएगा तभी उसके नाम का सड़क होगा? महात्मा गांधी पुल क्या गांधी जी ने बनाया था?

रंजीत ने सब की जिज्ञासा शांत करते हुए कहा- रज्जु मार्ग एक आकाशीय रोपवे है जो रत्नागिरी पर्वत पे स्थित विश्व शांति स्तूप पर जाने के लिए बना हुआ है। इसमें 100 से ज्यादा कुर्सियां लगी हुई हैं जिसपर सवार होकर कोई दस मिनट के अंदर पहाड़ पे जा सकता है।

ये जानकर बच्चों में हर्ष का माहौल बन गया, सब जल्द से जल्द रज्जु मार्ग पहुंचने का इंतजार करने लगे। रंजीत यह भी जनता था कि रज्जु मार्ग से स्तूप पर जाने के पैसे लगते हैं इसलिए वह वहां पहुंचने के बाद भी बस में ही बैठा रहा।

बस चालक ने उससे कहा - तुम्हे नहीं जाना?
नहीं, मैं घूम चुका हूं, मुझे डर भी लगता है और चक्कर भी आता है - रंजीत ने उसे झूठ बोलते हुए समझाने की कोशिश की।

कुछ दुखद और कुछ सुखद अनुभव के साथ राजगीर की यात्रा होस्टल पहुंच कर समाप्त हुई।

इस शनिवार रंजीत के पापा नहीं आये। पर रविवार को उसके भैया उससे मिलने आये। रंजीत से मिलने के पहले ही पुरुषोत्तम ने सारी घटना उन्हें विस्तार पूर्वक बताया। और यह भी बताया कि मेरे आग्रह करने के बाबजूद भी रंजीत ने मुझसे कोई सहायता नहीं ली। जब रंजीत अपने भाई से मिला तो उन्होंने उसे अपने आलिंगन में लेते हुए पूछा - क्यों कैसा रहा ट्रिप?

रंजीत ने अपने भावनाओं पर काबू रखते हुए बोला- हां हां बहुत अच्छा।

तो चलो जल्दी से बैग लगा लो, मैं तुम्हे घर ले जाने के लिए आया हूँ - भाई ने कहा।

रंजीत की खुशी का तो ठिकाना नहीं था, वह भी कुछ दिन के लिए घर जाना चाहता था बोला- पर अनुमति नही ली है मैंने अपने डायरेक्टर से।

अरे मैंने ले लिया है, तुम जल्दी से आ जाओ -भाई ने समझाते हुए कहा।

घर ऐसी जगह ही होती है जहाँ अगर बड़ों का प्यार मिले तो इंसान अपने सभी गमों को भूल जाता है। कल का सुबह भी रंजीत के लिए चौंकाने वाला था क्योंकि उसके भाई ने सुबह सुबह ही रंजीत को जल्दी से तैयार होने को कहा। रंजीत कुछ कुछ समझ नहीं पाया बस पता था कि वह कहीं जाने वाला है, बाइक से, भाई के साथ।

एक और यात्रा आरम्भ हुई जिसका ठिकाना भी राजगीर ही था। रास्ते भर तो रंजीत को कुछ समझ नहीं आया पर जब बाइक रज्जु मार्ग पर आ कर रुकी, जगह जानी पहचानी लगी तो सारा माजरा समझ में आया। दोनों भाई रोप वे से स्तूप गए फिर सप्तधारा के गर्म पानी में स्नान किया। फिर वहां के सबसे अच्छे होटल में खाना खाने आये। वह सब आर्डर दिया गया जो जो रंजीत को बहुत पसंद थे।

खाने के साथ साथ एक और चीज आई जिसका आर्डर न तो रंजीत ने दिया था न ही उसके भाई ने, वो था दोनों भाइयों के आंखों में आये आसुओं का सैलाब, जिसे दुनिया के किसी भी रुपये से खरीदा नहीं जा सकता था। यह भाई के एक दूसरे के प्रति स्नेह को बह कर और प्रगाढ़ कर रहा था।

निर्णय

आप अंदर नहीं जा सकते। (नर्स ने विभु को रोकते हुए कहा)

क्यूं?

दिमाग नहीं है क्या? महिला डॉक्टर को दिखाने आये हैं तो केवल महिला ही अंदर जा सकती है। आप बाहर इंतजार कीजिये।

ठीक है, नहीं जा रहा। आप बस इतना बता दीजिए कि अभी नम्बर लगेगा तो डॉक्टर कब तक देख लेंगी इसे? (विभु ने अपनी पत्नी श्रुति के तरफ देखते हुए नर्स से पूछा)

दो घंटे लगेंगे, अब आप बाहर जाइये और इनकी चिंता मत कीजिये, हमलोग हैं।

विभु वार्ड से बाहर आकर सामने लगी किसी कुर्सी के खाली होने का इंतजार करने लगा। मन बहुत ही बेचैन था। अब क्या होगा? डॉक्टर क्या बोलेगी? कहीं जो श्रुति चाहती है, वो तो नहीं....... नहीं, नहीं, ऐसा नहीं हो सकता, और मैं ऐसा होने भी नहीं दूंगा। पर कैसे? क्या करूँ? जो वश में था वो सब तो कर लिया, पर ये डॉक्टर? ये तो वही करेगी न, जो श्रुति चाहती है? ये थोड़े न उस आयुर्वेदिक डॉक्टर के जैसी है जो मेरी बात मान लेगी? श्रुति भी कहाँ मान रही है?? कितना समझाया... रख लो न...क्या दिक्कत है? एक है, एक और हो जाएगा तो??

क्या जबाब मिला?? हां हां...तुम्हें क्या पता चलेगा..भुगतना तो मुझे पड़ेगा न?? मैं ये कष्ट दुबारा इतनी जल्दी नहीं सह सकती.. मुझे नहीं रखना है। लोग क्या बोलेंगे??? एक बच्चा अभी दो साल का ही है...तो

क्या जरूरत थी इतनी जल्दी करने की??? तरह तरह के ताने तो मुझे सुनने पड़ेंगें न?? और जो नौ महीने का कष्ट होगा वो अलग। मैनें तो निर्णय ले लिया है....मैं नही झेलने वाली... नहीं रखूंगी। चलो डॉक्टर के पास। और अगर तुम नहीं लेकर जाओगे तो मैं खुद चली जाऊंगी।

किसी तरह से दो दिन का समय दी थी मुझे, डॉक्टर के पास ले जाने के लिए। वो तो अच्छा हुआ कि आयुर्वेद के डॉक्टर से जान पहचान थी...मेरी बात को मानते हुए जो मैं चाहता था..वही उन्होंने किया...श्रुति को समझा दिया कि वे लोग ये काम नहीं करते हैं।

लेकिन ये मानने वाली कहाँ...चार दिन बाद ही एलोपैथीक डॉक्टर के पास जाने की जिद शुरू हो गई। तो आज यहां आना ही पड़ा।

पर... कुछ तो उपाय होगा? किसी की तो बात मानेगी ये डॉक्टर? पर किसकी? कोई इसी के लेवल का होना चाहिए? कौन? कौन हो सकता है??? हाँ..... प्रोफेसर बंसल, सिंहा सर के दोस्त!!

विभु के तो जैसे जान में जान आ गई, और उसके पैर स्वतः कैंसर विभाग के तरफ बढ़ने लगे।

प्रोफेसर बंसल संयोग से अपने केबिन में ही थे। विभु ने अपनी हालात बयां किया और उनसे अनुरोध करते हुए कहा- सर, डॉक्टर अंजलि से बात कीजिये न... उन्हें बोलिये न... कि जो श्रुति चाह रही है... उसके लिए वो राजी न होकर, उसे बस समझा दें कि ऐसा करना अब सम्भव नहीं है।

पर तुम ऐसा चाहते क्यों हो?

सर, ढाई महीने हो चुके हैं..वो अब भ्रूण नहीं रहा...उसके हाथ, पैर बन

चुके होंगे..और मैं नहीं चाहता कि...मैं उसकी हत्या का भागीदार बनूँ....
बस आप ही अब उसे बचा सकते हैं। (विभु ने हाथ जोड़ते हुए कहा)

प्रोफेसर बंसल ने विभु को गले लगाकर, पीठ थपथपाते हुए कहा - तुम
जाओ, वही होगा जो तुम चाहते हो...

आश्वासन पाकर विभु महिला डॉक्टर के चैम्बर के बाहर श्रुति के आने
का इंतजार करने लगा। कुछ समय बाद श्रुति जब बाहर आई तो विभु
अपनी खुशी को दबाते हुए पूछा-

क्या हुआ? क्या बोली डॉक्टर??

सही ही बोल रहीं हैं..अच्छी डॉक्टर है..मुझे बहुत समय दिया...और
बहुत अच्छे से बात की..बोलीं कि....जो तुम चाहती हो वो हो जाएगा...
मुझे कोई आपत्ति नहीं...पर इससे तुम्हें ही खतरा है...और भविष्य में
अगर कभी तुम चाहोगी तो, दिक्कत आ सकती है।

तो, अब क्या करना है?? विभु श्रुति को अपने पास बिठाते हुए बोला-
अगर ये राजी नहीं हैं...तो चलें किसी और डॉक्टर के पास??

श्रुति ने अपना सर विभु के कंधे पर टिका दिया, बोली- मुझे माफ़ कर
दो, मुझे तुम्हारी बात मान लेनी चाहिए थी...
दिखा तो लिया दो दो डॉक्टर से......अब नहीं दिखाना मुझे किसी
से...अब इसकी जरूरत नहीं है...मैनें अपना निर्णय बदल लिया है...मेरा
साथ दोगे न?

विभु ने श्रुति के सर को चूमते हुए कहा- मैं तो हमेशा तुम्हारे साथ
हूँ......

मुक्ति

चार बहनों के बाद उसका जन्म हुआ, उसकी माँ दो कारणों से खुश थी, पहला कि उसने बेटे को जन्म दिया और दूसरा कि वो अब सौतन बनने से बच गई।

उसदिनजश्नकामाहौलथा, कुलकादीपक, घरकाचिरागजो आया था???......।

वो धीरे-धीरे बड़ा हो रहा था, कब उंगली के सहारे चलने वाला दौड़ने लगा पता न चला। माता-पिता दोनों सरकारी कर्मचारी थे तो लालन-पालन में कोई कसर बाकी नहीं थी।

एक दिन छत पर खेलते वक्त उसका पैर फिसला और वह नीचे आ गिरा, सर में काफी चोट थी। पानी की तरह पैसा बहा, देश के हर कोने में इलाज़ चला पर उसके शरीर को लकवाग्रस्त होने से कोई बचा न पाया। उसकी जिंदगी अब बिस्तर पर कटने लगी और वह हर कार्य के लिए दूसरे पर आश्रित हो गया। पेशाब, पैखाना, ब्रश से लेकर खाना पीना सब दूसरे के सहारे।

शुरुआत में उसका हर कार्य करवाने में जो श्रद्धा होती थी वह बीस सालों तक धीरे-धीरे क्षीण होती चली गई। उसके मुंह से अनवरत टपकते लार, भींगे चिपचिपे पैंट, बदबू और मख्खियों को बहुत लुभाने लगे थे।

जो कभी घर चिराग हुआ करता था, वह जिंदा लाश बनकर घर वालों के लिए एक बोझ हो चुका था। उसकी कुन्हरती आवाज से लोगों के कान अनुकूलित हो चुके थे। उसका बिस्तर खिसकते खिसकते घर के कमरे से आंगन, आंगन से दालान, और दालान से गोशाला में आ गया। वहाँ

उसकी आवाज जानवरों के आवाज के साथ मिलजुल कर खो जाने लगी।

वह अपने शरीर से मुक्ति चाहता और घर वाले उससे, पर सब विवश थे। एक दिन ईश्वर ने सबकी सुन ली। उसदिनफिरजश्नकामाहौलथा, घरकाबोझजो गया था???....।

वाह री दुनिया

दया सिंह को बुढ़ापे में एक संतान की प्राप्ति बहुत ही दवा-दारू, झाड़-फूंक और मन्नतों के बाद हुई थी। रुपये पैसे की कोई कमी पहले थी नहीं बस एक कमी यही थी जो भगवान की दया से वो भी पूरी हो गई। पूरे गाँव को खुद ही भोज का न्योता दिया था दया सिंह ने। गाँव के सभी बड़े छोटे खूब छक कर खाये और दिल खोल कर आशीर्वाद भी दिए। नामकरण संस्कार हुआ, पंडित जी ने बच्चे का नाम अमर सिंह रखा। अमर सिंह के हर सालगिरह पर भोज होता और दया सिंह खुद ही सब को न्योता भी देने जाता।

खुशी खुशी छः वर्ष बीत गए थे। दया सिंह ने बेटे को पढ़ने स्कूल भेजना शुरू कर दिया था। कुछ महीनों तक दया सिंह अपने आंखों के तारे अमर को सुबह स्कूल छोड़ते और शाम को घर वापस लेकर आते। पर जब अमर ने भरोसा दिलाया कि वह दूसरे बच्चों के साथ ही स्कूल चला भी जाएगा और आ भी जाएगा तो धीरे धीरे दया सिंह ने भी साथ आना जाना छोड़ दिया। पर पिता की चिंता उसे अमर सिंह के पीछे पीछे जाने को विवश कर देती।

एक दिन वह दूर से ही अपने कलेजे के टुकड़े को स्कूल से आते देख प्रसन्न हो रहा था कि ननकू राम की भैंस न जाने कहाँ से आ गई और अमर सिंह को उठा कर खेत में पटक दी। दया सिंह को तो काटो तो खून नहीं। उसे अपनी आंखों पर विश्वास नहीं हुआ वह पागलों की तरह चिल्लाते अपने लाल की ओर भागा। अमर सिंह का सर खेत में पड़े ईंट पर लगा था और खून ज्यादा बह जाने के कारण वह बेसुध पड़ा हुआ था। दया सिंह अपने बच्चे को गोद मे उठाया और भागता हुआ बुद्धन बैध के इयोढ़ी पर खड़ा होकर जोर जोर से आवाज लगाने लगा।

गला बैठ चुका था आवाज भी नहीं निकल रही थी फिर भी लगातार चीखे जा रहा था। आंखें पथरा चुकी थी, तो बैध जी के घर में लगा ताला कैसे दिखता? संयोग से बैध जी सन्ध्या स्नान कर लौट ही रहे थे, अपने घर के सामने लगी हुई भीड़ और दया सिंह की दहाड़ सुन थोड़े घबरा से गये। कुछ समझ नहीं आया फिर भी डरते डरते पहुंचे तो परिस्थितियों से अनजान भी न रहे। अमर सिंह की नब्ज देखी और रोने लगे। शायद गाँव वालों ने बैध जी को पहली बार रोते देखा था। इंसान के लिए इशारा ही काफी होता है। दया सिंह भी समझ चुका था, बेटे की लाश लिए ही जमीन पर गिर पड़ा। दया सिंह को बेहोशी ऐसी छाई कि बाल्टी भर भर कर पानी डालने पर और बार बार नाक बंद करने पर भी नहीं टूट रही थी। दोनों को अचेत अवस्था में ही उनके घर पहुंचा दिया गया।

अमर सिंह के जनाजे का इंतजाम किया जाने लगा पर जनाजा तब तक कैसे उठ सकता है जब तक उसके मां और बाप को होश नहीं आ जाता? पर दोनों कुछ देर के लिए होश में आते, बेटे का शव देख फिर बेहोश हो जाते। रात होने को आई, धीरे धीरे भीड़ कम होने लगी।

गाँव में अगर किसी के घर में शव हो तो पड़ोसियों के घर चूल्हा नहीं जलता इस नियम के कारण बहुत लोगों की आत्मा भी तड़प उठी। जिस दया सिंह ने अपने बच्चे के हर जन्मोत्सव पर पूरे गाँव को ढुंस ढुंस कर खिलाया था आज उसी बच्चे के कारण कुछ लोगों को खाना नसीब न होना था। अपना दुख होता है तो भूख नहीं लगती, पर अगर दूसरे का हो तो मन दुखी तो रह सकता है पर पेट भूखा नहीं रह पाता।

आधी रात बीत चुकी थी, चांद अपनी शीतलता से अमर के माँ बाप के दिल के जलन को खत्म तो नहीं पर थोड़ा कम जरूर कर दिया था, दोनों अपने लाल के शरीर को आधा आधा अपने गोद में रख लगातार

एकटक चांद को ही निहारे जा रहे थे। शून्य, निःशब्द, सूनी आँखों से कभी एक दूसरे को तो देख भी लेते पर नीचे अपनी गोद को देखने की साहस न जुटा पाते। दया सिंह का मन कभी ईश्वर से कोई चमत्कार करने का आग्रह करता कभी उस भैंस को दंड देने को उकसाता।

रात्रि के तीन पहर बीत चुके थे। जिन लोगों को आस पास के घर से भोजन नसीब हो गया था वो तो निद्रा के आगोश में समाए रहे पर जिनकी क्षुधा तृप्त न हो पाई थी वे धीरे धीरे दया सिंह के घर के पास इकट्ठा होने लगे थे।

मिट्टी रखने की चीज तो होती नहीं, सो दाह संस्कार तड़के ही कर दिया गया। बेटे की चिता की आग धीरे धीरे ठंढी होती गयी और दया सिंह के सीने में धीरे धीरे और तेज होने लगी। वह मन ही मन न जाने कितने प्रण ले चुका था।

दाह संस्कार होते ही बेटे की राख लेकर सीधे शहर के थाने जा पहुंचा। थानेदार से आग्रह करने लगा कि वो रपट लिखे उस भैंस के नाम पर जिसने उसके लाल को लील लिया। थानेदार ने बहुत समझाया पर दया सिंह अपनी बात पर अड़ा रहा। किसी तरह थानेदार ने बहुत समझा बुझा उसे घर को भेजा कि रपट लिख ली गयी है और कुछ दिनों बाद ही उसे हिरासत में ले लिया जाएगा।

श्राद्ध कर्म पूरा होते ही वह थानेदार के पास पहुँचा और गाली गलौज व चेतावनी देते हुए बोला कि अगर उसने उस भैंस को सजा न दी तो वह खुद उसे सजा देगा। दया सिंह के रसूख के कारण थानेदार केवल तिलमिला कर रह गया। थाने वाले किसी तरह से उसे समझाये कि वह जिद छोड़ दे, ऐसा नियम नहीं तो कैसे हो सकता है, और उसे घर भेज दिया।

दया सिंह के गांव पहुचने से पहले यह खबर ननकू राम के कानों में पहुंच गई। जिसका घर का खर्च जिस भैंस के कारण चल रहा हो वह तो डरेगा ही न?

उसे दया सिंह पर गुस्सा भी आ रहा था। कैसा इंसान है, राम राम, मेरी भैंस को मारकर क्या उसका बेटा वापस आ जायेगा? कैसे लोग हैं जो एक पशु के प्रति ऐसी भावना रखते हैं? शाम को थानेदार जो ननकू की बिरादरी का था उसके घर आया और उसके कान में कुछ मंत्र फूँक आया।

दया सिंह रात को चुपके से ननकू के घर में दाखिल हुआ और विष की पोटली भैंस के खाने में मिला कर निकलने ही वाला था कि ननकू ने रास्ता रोक लिया। बोलने लगा कि दया सिंह, तुम्हारे बाप दादाओं नें हमलोगों के ऊपर बहुत जुल्म ढाये हैं, तुम्हें उसी की सजा मिली है। अपना बच्चा तो संभाले जाता नहीं है तो पशु पर अपनी पशुता दिखा कर तुम्हें क्या मिलेगा? सारा गांव जनता है कि तुम्हारा दिमाग खराब हो गया है, किसी भी भैंस को देखकर तुम उसे मारने लग जाते हो, ईंट, पथ्थर, खंती, लाठी जो मिल जाये तुम्हें, उसी से मूक पशु को मारना भला कहाँ की रसुखदारी है।

थानेदार साहब, बाहर आइए, देखिए दया सिंह ने हमारी भैंस के खाने में जहर मिलाया है।

दया सिंह अब जेल में है, एक भैंस को मारने के असफल प्रयास, थानेदार को थाने के अंदर गाली देने और एक दलित के घर में जबरन घुस आने के जैसे संगीन आरोपों के साथ।

www.ingramcontent.com/pod-product-compliance
Lightning Source LLC
Chambersburg PA
CBHW021144130726
47988CB00003B/1465